文芸社セレクション

夢のあと

持地　節子
MOCHIJI Setsuko

文芸社

目次

夢のあと……7
夢の中で節子の結婚……11
夢の続き……15
和代のこと……23
千代のこと……31
節子のこと……33
文子のこと……37
祖父の死……39
俳縁、佛縁の文殊様……49
あじさい園のこと……53
節子が一番嬉しかったこと……59
節子のひとり言……61
父への手紙……63

節子の旅……65
インドの旅……71
モンゴルの旅……75
幼い頃の思い出？……79
K君のこと……85
あとがき……89

夢のあと

昨夜の夢を思い出すと節子はつい口元がゆるむ。

古い町の古い寺で祖父母、両親の元で育った四人姉妹、和代、千代、節子、文子の姉妹はみな性格も姿も違い、それぞれ個性の持主である。

長女和代は九十二歳、やさしく人のお世話が大好きで働き者。大学を中退し十代で結婚。田舎の寺へ嫁ぎ三人の子供を育てながら、苦しみを喜びに変えひたすら走り続けた人生であった。

次女千代は八十八歳、結婚と同時に関東へ。千代の夫は転勤が多く北から南へ飛びまわった。二人の娘の学校の都合もあり単身赴任が多く千代は、その度に夫の健康を心配し、転勤先へと世話に行く。

大切に大切に育てた二人の娘も結婚する。千代は良妻賢母、芯の強いしっかりとした女性。信念を曲げず人には親切、書道ひと筋にはげむ書道家。料理も得意、材料を無駄なく上手に使って心を込める。庭にはいつも花が咲き園芸を楽しみ、庭に来る小鳥と遊ぶ。

旅好きな夫と二人で、日本中を旅してまわった。

四国八十八ヶ所を、歩き遍路で、夫と二人二度も巡り、信仰心も厚い。般若心経の写経を続ける。夫の定年後は両親の介護に三十年専念する。その両親も天国へ旅立った。

三女節子は八十五歳、気がきかずおっとりとして間が抜けた女性。独身で夢見るゆめ子「節子さんはいつもニコニコすぐに嫁に行くよ」と周りの人々から言われながら、男性を見ると逃げてばかり。

独身の節子を、両親はじめ姉妹はみな心配している。海外旅行も、一人旅も大好きな節子。夢の中では独身である。実家の保育園で、保育士として勤務するが結婚はあまり望まず両親も心配している。

四女文子は八十歳。会社員だった夫と二人暮らし。一男一女の母親として転勤の夫や子供を支えてきた。転勤が多いが、どの地でも友達を作り社交家。北から南まで友人も多くおしゃれも上手。社交ダンスや、テニスも楽しむ。

東北の岩手では、家族全員でスキーを楽しむ。花巻駅では、その姿がポスターとなる。着物の着付けも習得し免許を取る。

しかし夫の定年前後より、夫の両親の病気で介護に専念。二十年ばかりは、親子みなバラバラの時を過ごすが両親も天国へ旅立つ。

人生は「生老病死」避けることの出来ないこの世の四苦。四人姉妹も、夫の祖母や両親の介護と死別、人生どう生きどう死を迎えるか問い続ける。

夢の中で節子の結婚

秋のある晴れた日、長女の和代が急に、三女節子の婿さがしに出かけようと、次女千代、四女文子に呼びかける。みな賛成、両親、和代、次女千代、四女文子の三夫婦、独身の節子計九名そろう。

一同マイクロバスに乗りゆっくり走り出す。

いよいよ節子の婿さがし出発——。

田舎の道は坂が多く、どの家も石垣があり庭には手入れされた植木やお花が美しい。

婿さがしはなかなか進まず、どの家も人影はなく、コスモスの咲き続く道にも夕風が吹き始めた頃、突然大きな家が現れた。

長女和代がひらめいた。バスは、ストップ、

「ごめん下さい。こちら様には独身の男性はいらっしゃいませんか」

中から父親らしき人が現れた。

「はい。わが家には、三人の息子がいます。三人共みな独身で困っています。どうぞよろしくお願いします」

広い広い庭の前、三人の男性が居並ぶ。三人共みな長身でイケメン。

和代の夫が義妹節子を紹介する。

「こちらは、持地《もちじ》節子と申します。どうぞよろしくお願いします、私は節子の姉婿です」

丁寧に頭を下げる。

バスの中では、皆ハラハラ、ドキドキ、様子を見ていると、兄弟の一番

下、三男が前に出て「私は林《はやし》としのりと申します。ぼくと結婚して下さい。お願いします」と言って頭を下げ右手を出した。節子は細い声で、「私は持地節子と申します。八十五歳の、おばあさんですよ!!」

節子は、恥ずかしそうに、としのりさんの方へ向くと、「ぼくは、五十歳ですが、かまいません。節子さん、あなたが良いのです」

節子は、だまって右手を出してうなずいた。

「嬉し――い」バスの中では、拍手が鳴りやまず、その拍手の中で目が覚めた。

あ――あ　夢で良かった。

三女夢見る節子は、今のわたし、八十五歳、過去、現在、同時進行。若き頃と現在が重なり合った節子おばあさんの、おかしな、おかしな夢であった。

今は、やさしい夫と、長男夫婦、かわいい孫三人、計七名の家族。

幸せな、幸せな日々である。

お迎えが来るまで、元気でありますように!!

夢の続き

次の日節子は又夢を見た。夫としのりさんの両親が、屋敷内に新居を建てて下さり、節子おばあさんと、夫としのりさんの結婚生活が始まった。夫の会社はＩＴ関連の会社で多忙の毎日であるが、休日は本家の農作業を手伝う。

野菜はすべて、本家よりいただく。

節子は、健康な体は、栄養とバランスの良い食からと食事作りにと心を込める。添加物の無きようすべて手作り、香の物もすべて季節の野菜で。おいしそうに食べる夫、としのりさんの笑顔を見るのが嬉しい節子だった。

秋も深まり周囲の木々はすっかり葉を落し冬を迎えようとしていた。節子はあたたかな縁側に腰を下して日向ぼっこ、ふと地面を見ると可憐なタンポポを見つけた。

えんがわに冬たんぽぽのふたつみつ

そうだこの庭をお花畑にしよう。

節子の夢はふくらむ。

夕方夫としのりさんが帰宅、夕食後お花畑の話に目を輝かす節子を見て、夫はすぐに賛成してくれた。

次の日から節子は、お花畑作りにとりかかる。地面を耕すと黒い土が飛び出して輝く。土の匂いとあたたかさを感じながら、どんな花畑になるだろうと節子はワクワクする。

休日、夫のとしのりさんと節子は、園芸店で春に咲く球根をたくさんたくさん求めて早速二人で植え「ゆっくりおやすみネ」と、つぶやきながら丁寧に植える。

冬になると本家から柚子をたくさんいただく。節子は柚子ジャムを作りたいと、スマホレシピを見る。柚子は、皮も実も種もすべて使い捨てる物は全くないとのこと。まず皮をうすくむき始める。全身柚子の香りにつつまれ楽しい。種はとろみとして使うので袋に入れる。ジャム作りは朝から始めて夜には出来上がる。美しい琥珀色の柚子ジャムに向って「ありがとう　ありがとう」節子はお礼の言葉をかける。このジャム作りは、冬の楽しみとなり、夏みかん、りんご、イチゴなどで色々なジャムや、マーマレードを作り、友人知人に贈り喜んでいただくのが嬉しい節子。涙を流しながら柚子こしょうも、たくさん作る。

立春も過ぎ木々も芽吹き始める。

梅の花が咲き始めたある日、長女和代姉さんが新居を訪ねてきた。「節子さんが淋しいだろうと思い、お雛様を持ってきたよ」と言って、早々に箱から五段飾りの人形を出し、手ぎわ良く飾ってくれた。

「この人形は、娘と孫にも飾ったの。だけどまだ立派なものよ」

節子は嬉しくて、雛のように眼を細めながら、

「ありがとう和代姉さん」

とつぶやく。

雛の前わが目も雛のごとくなり
遠き目をして雛人形のたそがるゝ

夫としのりさんが帰って雛飾りを見て驚く。

「すばらしいお雛様、節子さんのようにやさしいよ」

としのりさん、ありがとう。


春が来た。庭のお花畑は春の花でいっぱい、花園となる。蝶も舞いうぐいすも鳴き始める。節子は夫としのりさんと二人庭をながめながら、幸せをかみしめながら日々を過ごす。

新居のお花畑が美しいと、地域の人達が集まって来られ、お友達も出来、夫の友人も共に、にぎやかに話がはずむ。節子は、みんなの楽しそうな笑顔や姿を見るのが嬉しい。

節子は手作りの「菜の花寿司」や「卵とサーモンの押し寿司」、胡麻豆腐、ふきのとうの酢味噌和えなどで接待する。

「みんなで食べるとおいしいネ」みんなの笑顔があふれ、会話がはずむ。

みんなと親しくなり輪が広がり助け合っていけそうだ!! と節子はしみじみ嬉しく思う。

節子は時々不安になることがある。私一人が幸せで楽しんでいるのではないだろうか……と、夫としのりさんはこの結婚を、どう思っているのだろう。本人に直接聞けば良いのだが……、その勇気も無く少し淋しくなる時がある節子、そんなある日の夜、節子は夫に聞いてみた。

「としのりさん、こんなおばあさんとの結婚本当は淋しくて、悲しくなったのではないかしら。本音を聞かせて」

夫は笑いながら、

「毎日楽しく過ごし、節子さんの料理も楽しみだし、手作りのヨーグルトや、ジャムも、おいしいよ。何と言っても節子さんには、学ぶことが多い!! 物を大切にするし、毎日自然と共に生かされている喜び、感謝する心、人々のために祈り仲良くする。自己管理をしっかりして自分を大切にする。心健やかに過ごせるよ。ぼくは、節子さんとの暮らしで学ぶことが多く感謝しています。年の差なんてどうでも良いのです。これからもどうぞ仲良くお願いします」

「ああ――なんて嬉しい言葉、立派な夫、としのりさん、ありがとう。ありがとう」

節子の頬に涙が流れ落ちる。心配もすっかり消え嬉し涙で、

「これからもよろしくネ」と祈る言葉です。

涙をふきながら節子は目がさめた。

夢のまた夢だった。

夢の中では、みな楽しい事ばかり多くあったが、四姉妹もみな八十歳を過ぎた。

ふり返ると、苦しみ悲しみも乗り越えながら支え合い、助け合って人生百歳に向かっている。

和代のこと

和代の夫は、寺の住職であり町役場に勤務。昼間は祖母と二人である。淋しくて寺に遊びに来る子供達を相手に保育を始めたのがきっかけで、境内に保育園を作る計画を立てる。

実家の寺（父母が保育園を経営）の父の応援や、檀家、地域の方々の奉仕作業などの協力で、寺の境内に小さなかわいらしい園舎が出来た。「山びこ保育園」として発足、その間に三児の母となり、保育園と子育ての多忙な日々であった。住職である夫も、職場を退職し共に幼児教育に取り組み、今では、寺より離れた場所で、鉄筋二階建て、冷暖房完備の園舎となり、令和六年に七十周年を迎えた。「遠賀幼稚園」も建設、五十周年となる。

今は、息子夫婦にバトンタッチし、デイサービスを利用、週二回の送迎で、たくさんのふれ合いを楽しみ、自分で育てたお花を施設に持参し喜んでいる

和代の次男は障害があり、保育園、幼稚園とこの次男で、「共に生きる」覚悟で走り続けた人生。現在その次男真哉《しんや》は六十歳を過ぎ好きなお地蔵様の絵を無心に描き続け、その絵はやさしさにあふれている。節子の寺にも大作が何点も飾られ心をなごませてくれる。

次男が陶地蔵を作るきっかけは、動きが悪い体や手のリハビリだった。よくころぶ、いつもあちこち傷ばかりであったその陰には、両親はじめ、兄妹、家族の努力と愛情がなければ、いまの真哉は生きられない。

三女節子の寺で作品展開催を始まりに、全国各地のデパート、画廊、寺

院で陶や絵の作品展で、感動の輪を広げる。大和蓮華《やまとれんげ》氏の詩を得て「ただ無心」を刊行（鈴木出版社）。

その後も「無心のほほえみ」「無心に咲く花」を出版。当時は和代も若く作品展では次男と飛び回る。

又ブラジル移民、百周年（平成二十年）の前年記念行事として、次男、真哉の作品五十点ばかりがブラジルに渡ることになる。

和代は夫と二人で無事に届くように、一つずつていねいに包み祈りながら送った。無事に届き、ブラジル移民の方々に、日本をしのび、どんなにか癒されたであろうと節子は思った。

その作品は、英語、ポルトガル語、日本語に訳され「無心のほほえみ」としてブラジルで出版された。この作品は、今もブラジル国のどこかで微笑み続けていることだろう。

次男真哉は、今は楽しく生活しながら、母親和代の支えとなり幸せに暮らしている。ほほえみながら、相変わらずお地蔵様の絵を描き続ける。和代は、次男がいたから、どんな苦しみも乗り越えられた……と。夫の死が一番悲しみだったが、この次男がいたから救われたと……。

三女節子は、義兄九十二歳の死直前の様子を、親戚の和尚様に手紙で知らせた。

義兄の介護は姉と家族で致しておりましたが、姉も高齢であり「介護施設」を利用することとなりました。その後施設では心配となり寺の家族、近くに住む娘、医師、ケアマネージャーの方々と連携し、自宅介護することになりました。施設を出る時は、皆様に「ありがとう!! ありがとう!!」の連発。百回以上言ったそうです。

家に帰った夜は、食事も嬉しくいただき、寺の家族、娘家族全員に「ありがとう」の言葉を――そして皆に、

「生まれてきて良かった!!　最高――。みな良い人ばかりだった」

嫁には、

「園の父母、寺の檀家の方々に良く接してくれてありがとう」

姉和代には、

「あんたと結婚して良かった。お寺、保育園、幼稚園も建て、二人で苦労し頑張ったネ。最高!!　感謝!!」

と手を取り合って、夜明けの四時まで、話し続けられたとのこと。

次の日より一言もなく眠った状態。

二十四時間、家族交代で見守り続け、皆の声が、聞こえるようにと、居間にベットが置かれた。節子も、夫や息子と共に何度も見舞う。

横浜の姉千代も一週間前より来て、節子もその日（令和二年、十一月六日）泊まっていました。

耳は最後まで聴こえるとのこと。私節子は、一番に大声で感謝の言葉をかけました。

その後、次々と皆が声をかけ続けました。夜明けの三時三分、命の灯が消えました。

おだやかなお姿でした。

医師は「大変苦しかったと思います。立派な最期でしたよ」……

こんなに身近に死を見つめ、きずなの深さ尊さを、しみじみ感じました。

すぐに、納棺の儀、通夜、密葬と続き出棺、コロナ禍の密葬をし、あまり知らせることも出来ず、教区内の寺院、身内の僧侶のみの、寂しい葬儀でしたが、境内では、お別れの方々の列が続いていました。身内の僧侶だけでも十五名以上でした。

霊柩車は、幼稚園、保育園の思い出の前を通り火葬場へと……。

親族、家族、の多くの僧侶の読経で最後のお別れをし、荼毘に付す。少し時間があり、弟の僧侶が外に出ると、こうのとりが空を舞うのを見た様子。後で聞くと、近くに湖があり、はぐれたこうのとりが、朝と夕方に空を飛び、カメラマンが、多く集まるとのことでした。

鴻の鳥となり冬天に舞ひたまふ

義兄の名が、雪鴻《せっこう》と言いますので、どうしても、鴻の鳥としたく思いました。

悼　義兄雪鴻老師

命の灯いちづに見つむ冬の月

命の灯静かに消えし冬銀河

冬椿まだあたたかき骨抱く

合掌

千代のこと

次女、千代も夫の定年後は、夫の両親の、介護に長い間専念する。

特に義母は、認知症もあり、重い病気との戦いが続き、最後は、足を切断する悲しみを経験し天国へ。その後千代は、何度も入院。

結婚した次女五十歳の病死は、永遠に消えることなく悲しみの中、夫と二人淋しく暮らす。

写経する時間が一番のやすらぎと……。

悼　あき子様（平成二十九年四月十一日亡）

春の月死は真実か問ひ続く

花の道天に登りて逝き給ふ

四姉妹が元気な頃は、母と共によく旅をした。みな高齢となり、特に千代は遠く横浜に住む。

昨年（令和五年）九州より逢いに行き横浜で再会を楽しんだ。節子は、毎夜のごとく、遠くの千代に電話する。「あなたの電話が、〝オアシス〟のようだ」と千代は言う。

今は、長女の息子孫が結婚し、女児二人、千代には「曽孫」の成長が喜びとなる。

節子のこと

三女節子も山寺へと嫁ぐ。夫の両親と四人の生活。長男誕生、三年後に次男誕生。

次男は難産で吸引分娩、呼吸が出来ず力強く泣けない。新生児仮死——。

節子は全く知らず、色白でひとみは美しく澄み、立派な男児、俊教《としのり》と命名、だが現実はきびしく、重度の脳性まひと診断され、医大に通い続けた。その後、母子共に入院したり必死の看病を続け、節子は病気になりながら俊教を立派に育てると心に決め頑張り続けたが、むなしく、はかない命、三歳で天国へと旅立った。節子は胸が張り裂けそうで、涙が止まらぬ年月を過ごす。

寺の住職である義父も遷化《せんげ》し、夫は住職となる。長男一人では、と三児の出産は、勇気を奮い、医大の先生に相談すると、先生は次男の様なことは、決して無いと、はげまされ無事男児出産、その息子も成人し、半年の間に、姑の死、長男、三男の結婚式を了えた節子は、両親も見送り、嫁として母としての役目をすべて了え、いつお迎えが来ても良いと心から思った。

悼　姑マコトの死　平成十二年、二月十六日亡

涅槃西風まだあたたかき母の骨

春の雪母の初七日暮れにけり

きさらぎの光のごとく母逝けり

長男は寺の住職として、三男は東京で会社員として頑張っている。東京で結婚、コロナの影響で夫婦共在宅勤務テレワークを続け、新宿に新居を構え一人娘と親子三人で楽しく暮らす。

文子のこと

四女文子も、夫の定年後は、ふるさとの両親の元に帰り、両親の介護の生活となるが、両親も天国へ旅立った。

夫も重い病気とたたかうが今は、元気になる。孫の成長をよろこぶ二人暮らし。

四人姉妹は、今は元気であるが人生は、「生老病死」避けることの出来ないこの世の「四苦」。

人生そのものであり、どう生き、どう死を迎えるかと、問い続ける。

祖父の死

「つれづれなるままに、日くらし硯にむかひて、心にうつりゆくよしなしごとを、そこはかとなく書きつくれば、あやしうこそものぐるほしけれ」冒頭で知られる、徒然草は、鎌倉末期の随筆集、作者の吉田兼好は、「未来の事を考えても分からない。先のことを嘆くのでなく、今を大切にするべきだ」と、世の無常を感じ二十七歳で出家された。

出家したことから、兼好法師と言う。

西行法師の辞世の和歌

願はくは花のもとにて春死なむ
その如月の望月のころ

二月の、望月（満月）の頃、桜の花の下で逝きたいものだ。と詠み二月十五日、七十三歳思い通りの死であった。

この日は、仏教開祖の、お釈迦様の入滅の日、二月十五日、涅槃会、この日に死を迎えたいと願いこの歌を詠んだのであろう。

新暦では、三月下旬から四月上旬の桜の季節にあたる。

死は念ずれば、かなうものだろうか……。

四人姉妹の祖父は寺で育ち住職として寺を守る。祖母と共に私達四姉妹は、厳しく育てられた。今では本当にありがたく思う。

隠居してからは、お茶やお花を楽しみ、穏やかな生活であった。「ころりと死ぬように」と、毎日、朝昼夜と自分の部屋で、木魚を鳴らしながら、お経をとなえ、ぽっくり死にたいと念じていた。念じた通りの九十二歳の旅立ちだった。その夜は家族と曽孫と共に、楽しく夕食をすませ、自分の部屋へ戻り、そのまま、永遠の別れ、死であった。

旅立ちの用意は、すべて整えられ、法衣も新しく、きちんと用意されていた。

「お棺に入れる物」と書かれ大切な品は、すべて箱につめられていた。

祖母が早く天国に旅立ち、祖父は以後三十年間は一人。家族と共に過ごしていたが、どんなに淋しかったことだったかと涙があふれ落ちる。

お茶好きだった祖父は、茶殻を乾燥し集めていた。「お棺の下に詰め、その上に寝かせてくれ」遺言通り行った。祖父は、豊かな表情で喜んでいるように思えた。お別れの言葉も言えぬ死であった。

悼　秀雄老師

泰山木いつかは天に舞ふごとし　　岸　秋溪子

祖父の弔句としていただいた恩師、岸秋溪子先生の句である。

岸先生（東京大学文学部宗教史学科卒、俳句誌雲母同人、六十四歳没）は、寺の御出身であったが教職一筋で退職後は、俳句に命をかけられた。

俳句を愛し、弟子作りの名人とも言われる程であった。

先生との御縁は学生時代に始まり、先生に憧れ「俳句クラブ」に入部、少人数で句会もなく、ずぼらな節子、「明日までに提出するように」と言われしぶしぶ作句、○や△で評が書かれ返って来る。前に勤務していた門司高女では、先生の机に、生徒の句帳が山積みになった、と先生はいつも言われていた。

こんなことではすぐに止めてしまうからと、卒業後は、友人と二人、句会の幹事として、お世話することとなった。毎月の吟行地の計画、案内状、清記、選句用紙の用意、茶菓子等々、幹事は必ず句会に出席しなければならず、友人が結婚後、幹事の役目は一人となり長い間続けた。実家の寺が句会となることもあった。秋溪子先生の手紙がいつもいつも来るので「まるで恋人からの手紙みたいネ」と母が笑っていた。

俳句結社「雲母」で「私の推す新人」として節子を推して下さった。

冬に入る三日月の金眠りけり

これは三年前の句である。節子さんの代表句と言うよりも、その人柄を端的に示した佳品である。

今は北九州八幡区だが、筑前六宿の一つとして栄えた「木屋瀬」の古刹、永源寺の女に生まれ、寺で育ったことが、節子さんの人柄を育てた大きな原因であろう。世間ずれしていないので、人がよくて、おっとり、少し間がぬけているという特色、その意味ではまぎれもなく寺の娘である。

直方高校の生徒であった頃俳句をはじめたのだから十年近くなる。俳句を自分で育てようという意欲が出てきたのはここ一、二年のことであろう。

春の霞のように茫洋としてあたたかく、絹のような光沢を全体に漲らせているといった感じをこの作者全体から受ける。

去る四月十九日、筑豊支社の人達と私の生家故郷の山寺に吟行したが、そのあとで、節子さんは次のような手紙を私に送ってくれた。

「少年の先生が額の汗をふきながら自転車を押してのぼられた坂。その先生を想像してのぼっていく坂。坂をのぼりつめると、わらぶきの本堂。あゝ、先生のふるさと。何もかも澄み、そしてほっとした気持ち。青梅の下を通りまるいまるい小さなお墓。一歳で逝かれた弟様にふさわしいお墓。

光の中に、きんせん花が素晴らしく美しい。

竹林を通り、花苺の咲く雲の下。お母様と妹様のお墓。寄りそったお墓。お線香が小さく小さくなって今にも消えそうでした。

人におくれて一番最後。母子草が風にゆれていました」

この日節子さんはこんな句を作っていました。

花いちご母の墓へと風急ぐ　　節子

飯田龍太《いいだりゅうた》先生選の毎日俳壇（毎日新聞）から最近の作品を、拾ってみよう。

枝高き雲にふれ合ふ寒椿

雪の音深き眠りの乳児室

石に置く冬白菊のたよりなし

たそがれの凍光を置く異人墓地

美術館冬木に雨の音走る

素直な感受性と若々しいロマンが、確かな観照の眼によって穏やかな表現に定着している。鋭い才気をひらめかしたり、特異の素材を駆使したり、異常な心理を追求するような意欲の露出した新人ではない。

素直で、自然で、円満な、ある意味では平凡なこの作者に私はどんな型にも捉われない豊かな可能性を感ずる。節子さんがその天性の素直さをそこなうことなく、みずからの稚拙に対する羞らいを詩の女神に捧げて今後も謙虚で真剣な努力を続けてゆくならば、みのり豊かな新人として育ってゆくことを私は確信している。

岸秋溪子先生原文より

何も進歩なき節子であるが、先生がいかに愛情込めて育てて下さったことであろうと、今は感謝のみである。

その後、秋溪子先生も他界され、「節子、ボツボツやってるかい」と、先生のお声が、聞こえるようだ。

秋溪子先生の弟子は全国に散らばっていたが、みな高齢となり他界。最後の弟子が、何人か残っている。節子もその一人。

俳縁、佛縁の文殊様

こぶし咲く文殊菩薩の手の中に

岸　秋渓子

平成元年二月、小雪舞う寒い朝のこと。

恩師、岸秋渓子先生の奥様より、「相談したいことがあり伺いたい」と、雪の中お一人で千光寺に来山、「夫の十三回忌の供養に、好きだったこぶしの句にちなみ、文殊様を建立したく、夫の菩提寺にお願いし、場所も決めていた。ところがこの句を作った太宰府の場所に立つと、節子さん、あなたの姿がすーと現れ、そうだ節子さんの寺に、文殊様を是非建立したく、そのお願いに来ました」奥様は太宰府から久留米の千光寺まで、一人で直接来られたのです。

住職はじめ、檀家のみな様も、「仏様が建つのであれば」と賛成して下さった。

その後奥様は、着々と計画され、制作者は、彫刻家の、有田信夫氏に依頼され、有田氏は、初の仏像制作に全力投球、その様子は、新聞にも何度も報道された。

像は、ブロンズ像、白のみかげ石の台座を入れると4・1m　側面には、先生のこぶしの句が刻まれた。

十一月完成、除幕式、開眼供養を迎えた。節子の両親もお祝に来てくれた。

檀家、知人、友人の方など多く参集され、住職、父、弟、近くの和尚様方で除幕、秋日和の青空の下、白い布から現れた文殊様のお姿に拍手が湧き上がった。理知的で柔和なお姿に感涙する。

当日は、九州各地より多くの俳人が参集され、千光寺で盛大に俳句会が開かれた。

文殊様のまわりには、こぶしを始め、四季折々の花を植え、今では千光寺のみどりに、しっかりと馴染み、人々を見守っている。

奥様は福岡県小竹町で一人暮らしだったがふるさとを去り、東京の娘紗《さ》恵《え》子《こ》様夫婦の元へと……。

「文殊様を、千光寺の節子さんの寺に建立した事は、わが人生の最高のよろこびです」

奥様のお手紙には、いつも書いてありました。

節子も旅に出ると必ず奥様へ土産を送った。その奥様も九十五歳で天国へ。

私が千光寺に嫁いでいなければ、この文殊様も建つこともなかっただろう。

お寺との御縁、仏様との御縁、俳句との御縁本当にありがたく思う。

あじさい園のこと

平成元年、文殊様が建った頃、檀家の奥様より、紫陽花を十株程いただき、参道に植えたところ、美しいピンク色の花が見事に咲いた。当時は珍しい品種だった。

節子はお花が好きで、何でも挿して育てる。花が終わった紫陽花を剪定、その枝を三〇〇本程、挿してみた。節子が挿した紫陽花は、しっかり根づき元気に育ち花をつけた。

その後も、挿し木を続け、住職の夫と二人で、寺のまわりに植え続けた。苗を作るのは節子の役目、新しい品種を求めては、多く挿し木で増やし、心やすらぐ寺にと願い、境内や寺山の方へと植え続け、咲きほこり、各地より見物客も多くなり、「あじさい寺」と呼ばれるようになった。植え始めて四十年、現在では、住職の俊一《しゅんいち》和尚がしっかりと守り、寺の護持会、婦人会の協力を得て、花も紫陽花も何も無き寺であったが、現在は、七千株、五十種の紫陽花が、季節の花として楽しまれ、マスコミにも取り上げられ、お茶会や、ピアノとバイオリンのコンサートなど開いた。ＮＨＫの番組で全国に流れたり、天気予報に出たり、静かだった山寺も六月は、にぎやかな寺となる。

見物客の笑顔や、心やすらぐ、いやされるとの声と笑顔を見ることが何より嬉しい節子。

今年（令和六年）は外国の方が多数となる。節子は、相変わらず紫陽花の、挿し木を続ける。

人生絶対に自分で出来ない奇跡がある。四人姉妹も皆同じ。それは両親が起こした奇跡を受けたことである。そのおかげで、喜び、楽しみ、苦しみ、悲しみもあるが、そのことがどれ程尊いか、生きているから体験も出来た。

これからは、何が起きようと、すべて受け入れて、最後は納得し天国へ行きたいものだ。

四人姉妹の母は語りつくせぬ生涯であった。

寺の一人娘であった母は、当然寺を守る重責を背負う宿命となる。幸い良き婿養子に恵まれ山あり谷あり乗り越えた人生。

父の走り続けた幼児教育を共に歩み、情熱を燃やす。

父の急逝、遷化八十二歳。

母は悲しみを乗り越え老後は、木目込人形作り、水彩画、水墨画、佛画、俳句を学び、何事にも挑戦、すべて熱心に取り組み習得も速く、子供達はみな驚く。木目込人形は、一人で東京まで習いに行き、着物の柄や色を選んだりして、孫に雛人形を作った。

水彩画は、Tシャツや、ハンカチに好きな絵を描き続け、友人、知人、娘や孫にと多くの人々に差し上げる。

米寿の母への祝いに、子供達で母の句集を作って祝った。句集名は「葱坊主」。表紙には、母が描いたかわいらしい虎の絵（母は寅年だった）母は大変よろこんでくれた。選句は、すべて節子が行った。

一人娘の母から、五十人以上の子孫となりまだふえ続く。九十七歳母の急逝、みんなで悲しむ。

十年間一日も欠かさず書き続けた写経は年毎に、とじてあった。お棺の中に納めた。

やすらかな最期であった。

四人姉妹人生一番の悲しみは平成二十年、十二月十五日母の死であった。

母ヱツの死九十七歳

死にたもう母死に給ふ冬椿

冬椿喪の帯を解く四姉妹

冬の月母の机に筆一つ

初七日の門に集まる冬雀

悲しむことが出来るのは生きているから。悲しみを乗りこえた時生きているからよろこびもある。

人の生も死も「ウラとオモテ」のようなもの。

悲しみがなければ喜びもない。
不幸な時に、はじめて幸福がわかる。

節子が一番嬉しかったこと

次男俊教《としのり》が、令和六年、二月十九日で五十回忌を迎え、家族一同で供養した。

ところが供養数日後、夢の中に現れた。としのりさんは、夢の中で節子おばあさんと結婚して、日々を楽しんだ。

五十歳の俊教は、節子おばあさんに、「年の差なんてどうでも良い」と云ってくれた。本当に、長い夢だった。嬉しい嬉しい夢であった。

この夢は絶対に、ひみつにしたかったが、横浜の千代姉さんだけに「夢の話」を伝えてしまった。

俊教も、この世に現れて楽しんだことだろうと二人で語り合った。

俊教さ――ん、夢の中では、心豊かで立派な青年五十歳。
節子おばあさんも近い内にあなたの国へ行きます。又天国で楽しく過ごしましょうネ。
俊教さん夢に出てくれありがとう!!
ありがとう!!

節子のひとり言

四人姉妹はみな八十歳以上を過ぎた。
それぞれ「人生」はいろいろだったが、今は、おだやかな水平線。
心豊かにありがとう。ありがとうと言いながら旅立ってゆこう。
彼岸の国で、両親はじめ、なつかしい人達との再会を夢見たい。
節子は私自身、俳句も折々の思い出として残してみた。

父への手紙

今回は、女性中心に書き父は現れなかったが、八十二歳で他界。
四人姉妹はみな父を尊敬し、父のあとを、追い続けたが、父は、はるかに夢と情熱を持って生きた。父の足元にも及ばないが、二度となき人生、四人姉妹の夢と歩みも見て下さいネ。

節子拝

父上様

節子の旅

節子は旅が好き。海外も二十ヶ国ばかり巡ったが、特に印象に残る国はインド。

この旅は、寺の和尚様、寺の奥様との団体で、貧しい聖地ばかり「佛教聖地を辿る祈り」の旅であった。

聖地を辿るバスの長い長い時間に、団長の老師が、お釈迦様の生涯、誕生、出家、修行、悟り、入滅までをインドの地で説法をして下さった事は、大変ありがたく、心に残った。

二五〇〇年前、インドのヒマラヤ山脈のふもとに、カピラ城を中心に農業を営むシャカ族が住み、お釈迦さまは、このカビラ国の王子として、四月八日、花咲き香る、ルンビニーの園《その》でお生まれになられた。

王子はシッダールタと名づけられた。

父をスッドーダナと言い母をマーヤといいました。

母のマーヤ夫人はその後七日でなくなられマーヤ夫人の妹に育てられ、王子は不自由のない生活を送っておられた。当時インドは、カースト制がはげしく、お釈迦さまはいろいろと悩みを持たれた。

王宮の華やかな生活にくらべ一歩外へ出ると、老いて悩む人、病気に苦しむ人、死を悲しむ人、老病死をはじめ、お釈迦様の心をいため、なぜ人びとはこのような悩み、苦しみを受けねばならないのだろうか。この苦しみからのがれることは出来ないであろうか、という考えが日に日に強まる。

その姿を見られた父王は、一族から姫を迎え結婚させることにし男子も生まれた。

自分が幸せであるほど悩み苦しむ人達のことを思い、その解決には城を出て修行するほかに方法はない、と考えられた。

ついに王子の位をすてて、修行の旅に出られた。二十歳であった。

城を出られたお釈迦さまは、肉体を苦しめる苦行をはじめ、断食など、いろいろな修行を六年間続けられたが、人間の苦しみや悩みを救うという最後の目的には達することは出来なかった。

ある時、苦行の無益を感じられ、断食をやめ、尼連禅河で水浴びをされた、村の娘、スジャターに乳粥を施され、回復された。ピッパラ樹のもとに、やわらかい草を敷き、坐禅の行にはいられた。

その木を菩提樹と呼ぶようになったのはお釈迦さまが、その樹のもとで「菩提」さとりを、開かれたからだった。

そのおさとりは、一切は苦であり、これらの苦悩を取りのぞいて平和な日ぐらしが出来る道を示されたといわれている。

お釈迦さま三十五歳十二月八日を「成道」と言う明けの明星が美しく輝きわたっているときであった……。

教化を四十五年間続けられ、八十歳になられた時、サーラ樹の下に頭を北に向けて、床をのべられ、お釈迦さまは右わきを下にし、両足を重ね静かに横たわれた。お釈迦さまとのおわかれを悲しむ弟子達のために、最後のおさとしとして、「それぞれ自分をよりどころとし、他人をよりどころとしてはならない」と、また「世の中は無情であるから、ゆだんすることなくはげみ、目的を達成させよ」とさとされ、ご入滅になられた。二月十五日この日を「お涅槃会」と言う。

節子が先住様からいただいた絡子《らくす》には、

自灯明
法灯明

と云う釈尊の教えの言葉が書かれています。

自らをともしびとする
自らをよりどころとする

同時に仏の教えを示した真実のことば、法をよりどころとし、ともしびとして行かねばならないと……心に命じている。
お釈迦さまは、わたくしたちと全く同じように、母親の胎内からお生まれになり、わたしたちと何も変わるところのない、生きとし生けるものの悲しみやよろこびを、直に味わわれた歴史上のおかたであった。

インドの旅

私共旅の一行は、お釈迦さまの一生の足跡をしたって巡礼、聖地では、和尚様（住職さま）と共に、地面にひざまずきお拝、読経を行う。法具を使って御詠歌をお唱えし、ありがたい巡礼の旅を続けたことは、生涯の最高の十一日間であった。

特に心に残る地は「ガンジス川」と「釈尊涅槃」の聖地で今も目に浮かぶ。

インドは、貧富の差がはげしく子供達が、すがるように日本人を追い続ける。

早朝四時、ホテルを出て、ガンジス川へ向かう道は、多くの人々で、紛れる程。
方丈（節子の夫）と手を取り合って、ガンジス川のほとりに歩を進める。祈りながら沐浴をする人々。上流では火葬する人々、その灰を流す人々、朝五時、用意されたボートに一行は乗り、ローソク、蓮の花（造花）を手にボートは上流へ向かう。死者の供養と祈りを行い一同合掌読経を行う。真赤に染まったガンジス川の川向こうから昇る大陽の光景は神秘であり祈り続けた。

ガンジスの日の出尊き二月かな

ガンジス川のほとりには、多くの日本人の若者が何かを求めて自分さがしに集まると言う。又世界からも。この地は人々の祈りの地であるように思えた。

釈尊涅槃の聖地、クシナガラでは、二本のサーラ樹の元で、入滅された「釈尊涅槃堂」へ。お釈迦様の涅槃像の前にひざまずき、足裏をおさすりしながら「お釈迦様――。今、このクシナガラの地、おそばに参りましたありがとうございます」何度も、何度も、お拝し、止めどなく涙が流れ落ちた。

いまふるゝ佛陀の蹠《あうら》あたたかし
きさらぎの聖地物乞ふ人多し

モンゴルの旅

節子の最後の海外旅行は平成二十六年七月、モンゴル国だった。弟の娘、姪が、ジャイカに参加、活動している国がモンゴルであり呼びかけてくれた。

姉妹弟夫婦他、友人知人十二名、「モンゴル大草原ふれあい七日間」の旅が出来た。

姪と現地で日本語の上手なガイドさん二人の案内で安心の旅である。

ウランバートルの空港では、二人が出迎えてくれ、その後は、すべてマイクロバス。一行は楽しく旅が出来た。その夜はゆっくり、ウランバートルのホテル泊、モンゴル料理を、いただく。

次の日、七月十一日、モンゴルの夏祭り、「ナーダム」を開会式より一日中見学。真夏の太陽が照りつけるが、テントも何もなく、椅子席ですぐに日焼けしそうだ。

首都ウランバートルで開催される国家最大の祭りであり、首脳や各国の来賓を招き、騎馬民族らしい開会式であった。

騎馬隊のパレードや、モンゴル相撲、弓競技などはなやか、会場では、お祭りの歌や音楽が鳴り続く。拍手が続く。馬頭琴や、ホーミーなどの演奏もあり華やかだ。

席を離れて、少し歩くと、人・人・人。

波に押し流されそうになった。どこの国でもお祭りは同じだなと思う。それにしても妊婦さんの多いのには驚き国に勢いを感じる。

次の日「大草原と遊牧民の暮らし」も体験する。

遊牧民とは、生業の大半を牧畜に依存し、砂漠や草原の放牧地を季節毎に遊動する集団である。ヒツジ、ヤギやウシなど広い範囲で放牧、飼育することで生計を立てている。家畜と共に草原を移動して生活する。

遊牧民が住むのは、モンゴル語でゲルと呼ばれる移動式の住居で、移動する時には家を解体し、これらの部材を牛やラクダなどの家畜に乗せて移動するが、最近はトラックなどが使われているそうだ。

食生活は、夏季は白い食べ物（乳製品）冬季は赤い食べ物である肉類。一日二食で昼食はなし。

朝食は一年を通じ乳茶と固い自家製乳製品（チーズ、ヨーグルト）、赤い食べ物である肉料理は羊肉が中心。

夕食まで適宜乳茶、馬乳酒（馬の乳を発酵させた飲み物）を摂って過ごす。

馬乳酒を勧められるが、全く匂いだけでも、苦しくなった。

ゲルの正面は最も神聖な場所で、チベット仏教の仏壇が置かれている。

家族も多く、家族の絆を大切に、人との絆を大切に助け合って自然と共存する。

今の日本では考えられない、心豊かな暮しや姿に胸を打たれる。

大草原の夕暮れは羊を追う少年の笛や声が流れる。遠くの方では、馬に乗って羊を追う姿も見える。

夜はゲルに宿泊、昼夜と寒暖の差が激しくゲルの中では、薪を燃やし続ける。その夜は十五夜の満月、ゲルの前に腰をおろし、姉妹弟でお酒を飲みながら幼い頃の思い出を語り合った。

幼い頃の思い出？

幼い日のこと、裏庭の大きな椿の木に、たくさん花が咲きその下でママゴト遊びを楽しんだ。料理の材料は、すべて椿の花や菜の花、すみれなどの草花、小さなナイフで切ったりまるめたりして椿の葉っぱに作った料理を盛りつけお盆に並べる。「ごはんですよー」と祖母を呼ぶ。祖母はニコニコしながら椿の花の下に来て座る。「これはおいしそうネ、さあどれから食べようかな……」などと言いながら、おいしそうに食べる真似をする。その祖母の食べぶりや、嬉しそうな笑顔を見る瞬間がまた子供達の一番の楽しみだった。その笑顔を見るために懸命にお花の料理を作った。

母は福岡女子師範学校卒業後すぐに小学校に勤めていた為、いつも祖母が相手だったが楽しかった。

寺には果物の木が色々とあり消毒も何もしない季節ごとの自然の味だった。サクランボ、ビワ、キンカン、イチジク、ブドウ、柿、みかんなど豊富だった。近所の友達と木に登ったりして分け合った。

又祖母は、本格的にミツバチの飼育をして自家製のハチミツを採取していた。このミツバチの飼育だけは、祖母にしか出来なかった。

ハチミツ採取に必要な道具はすべてそろえ採取する時には、分離器をまわしてよく手伝った。タラタラと流れ出るハチミツを、指でなめたり、しゃぶったりして楽しんだ。

本物のハチミツは幻と云われ、戦時中砂糖の無き時代には貴重で、そのハチミツで育った姉妹は、みな元気だった。

冬になると、ミツバチは巣の中に閉じこもる。祖母は、巣箱をワラで囲い砂糖水を与えていたのを思い出す。

父は子供好きで、幼児期が一番大切だと子供を寺に集めて保育を始めた。その子供達も、「スプーン一杯ずつ毎日なめたョと」……。

八十歳前後の老人達が話される。今では考えられぬ事であるが……。又「おゆうぎ会」の為に本堂に舞台を作り、見物客のあまりの多さに、本堂の床が落ちて大変なこととなった。幸いケガ人はなかった。昔の思い出は尽きない。

モンゴルの高原で見る月の大きさに驚く。手に乗せてみたい、大自然の夜はすばらしい。

大夕焼大草原に山羊の骨

ゲルに落つ大草原の月太し

大草原月に匂ひのあるごとし

四日目、乗馬体験や、草競馬を見る。草競馬は、ナーダム競技の一つ。九歳以下の子供で3・5㎞の草原を馬で走る勇壮な姿を見る為長い間待ち続ける。草原を歩きながら、エーデルワイスの花を見つける。花言葉は「大切な想い出」と言う。手帳にはさみ思い出とする。

多くの警官が横に長く続き、草競馬の近づく様子を見守っていたが、日本人の私達一行を見て「北国の春」を日本語で歌いはじめる。

しらかばー……あおぞーら……と歌い一緒に歌い続けた。楽しい旅の思い出だった。

K君のこと

A子さんは、いつも教室の片すみで一人ぼっち。今で言う〝いじめられっ子〟だった

「くさい、きたない、頭が悪い」いつも仲間はずれ。

その姿を見ていたK君は次の様に語ってくれた。節子さんは、いつもA子さんに寄りそって、一人勉強を見て教えてあげていた。と……。小学生の男の子K君が節子の姿をこのように見ていたのには、驚きであった。

節子は、K君のこの言葉を聞いた時、何げなく自然にA子さんとふれ合っていた姿を見て、彼が七十年前の節子を思い出してくれていた事に感動し、同時に川上君の人格、やさしさにふれた。K君は、海外生活が多く、

退職後は名古屋に住む。

はじめて会ったK君の妻、紀子さんも「節子さんとの出逢いが人生の宝。もっと早くお友達になりたかった」と言ってくれた。彼女は難聴であり、電話で会話が出来ない為、メッセージがいつも届き交流した。節子はこの年齢でまた新しく、すばらしい友が出来たこと、人生の出逢いに感謝する。節子は、自ら友人を作る事は出来ないが、八十五歳になってもよき友、よき人々が集まり支えられ、ありがたく思う。


紫陽花祭りが六月二十三日に終了、何事もなく安心するが、節子の体調がすぐれず、急に、ダウンしてしまった。

一週間ばかり食事も、眠ることも出来ず、このままでは死を迎えるのではと……しみじみ思った。

感謝の言葉も言えなくなる。三日間かけてすべて検査するが、特別に悪い病気もなし。点滴など受け、どうにかして元気を取り返したいと、薬や、サプリなど一切中止する。

自力で治す以外はないと、自分の身体と向き合い「弱った体に栄養を」と、不溶性食物繊維を多く摂取することにつとめ、野菜たっぷりのスープ作りから始める。家族の皆一同心配してくれ食欲も少しずつ出始め快方に向かっている。現在は歩けるようにもなった。

高齢であり回復も遅いが病弱になったことで、無理をせず、体を大切にと、色々考え思うことも多くあった。病気は戦いだが、命の尊さ、重さを受けとめて、悔いのなき人生をおくりたい。

天国の祖父母、両親に節子は、

「もう少し待ってネ」と語り続ける。

あとがき

節子は、文字を書くこと、文章を書くことが、一番苦手だった。ところが思いがけ無く、文芸社の呼びかけで、人生の奇跡、本を出版することになり、長男、家族の後押しで、人生のご褒美をいただいた。

長男である住職、俊一和尚は、原稿用紙、ペンの用意まですべて整えてくれ、相談相手となってくれた。「原稿用紙に向かって書くと、どんどん思いが浮かび、原稿用紙に埋っていくよ」と、魔法のコトバを言って、励ましてくれた。

節子は、その言葉通り、思いがだんだんとふくらみ、ペンが走り出した。夫をはじめ家族一同も静かに見守ってくれた。

姉妹達も、本が出るまでは天国に行けない……と。みんなの支えがなければ節子は、書くことも出来なかったであろう。俳句は折々の思い出として残してみた。

節子は、すべての人の温かさ（人温）に、心から感謝の言葉と、合掌の人生を送りたいと祈るばかりである。

令和六年七月一日

持地節子

著者プロフィール

持地 節子（もちじ せつこ）

昭和14年5月25日　福岡県生まれ。
昭和35年　俳誌「雲母」（飯田龍太主催）入会。
平成5年　俳誌「白露」（広瀬直人主催）入会。
平成25年　俳誌「郭公」（井上康明主催）入会。
平成31年　俳誌「郭公」同人。
福岡県在住。
ふり返ると、ささやかながら俳句が人生のささえのように思える。
恩師、縁ある方々、姉妹弟や家族の愛情のたまものと有難く感謝をささげる。
出版に際しては、文芸社様には厚くお礼申し上げます。

夢のあと

2025年２月15日　初版第１刷発行

著　者　持地 節子
発行者　瓜谷 綱延
発行所　株式会社文芸社
〒160-0022　東京都新宿区新宿１－10－１
電話　03-5369-3060（代表）
03-5369-2299（販売）

印刷所　株式会社暁印刷

ISBN978-4-286-26203-1